L'AVEUGLE

PAR

CRÉDULITÉ,

COMÉDIE

EN UN ACTE ET EN PROSE;

REPRÉSENTÉE pour la première fois par les Comédiens François Ordinaires du Roi, le Mercredi 4 Février 1778.

Le Prix est de 24 sols.

A PARIS,

Chez la Veuve DUCHESNE, Libraire, rue Saint-Jacques, au Temple du Goût.

M. DCC. LXXVIII.

Avec Approbation & Permission.

La Scène eſt dans un appartement de la maiſon de M. Orgon.

L'AVEUGLE
PAR CRÉDULITÉ,
COMÉDIE.

*Le Théâtre répréfente un Salon, dans lequel eft
une Pendule. Il doit y avoir des coutrevents &
des volets aux fenêtres.
Orgon eft endormi dans un fauteuil fur l'avant-
fcène.
Julie & Lifette font affifes un peu en déçà derrière
lüi. L'une eft occupée à lire & l'autre à broder.*

SCENE PREMIERE.

ORGON, JULIE, LISETTE.

LISETTE.

ÇA, Mademoifelle, voilà Monfieur Orgon
bien endormi, mettez fin à votre lecture. Parlons un peu férieufement de vos affaires.

A ij

JULIE.

Hélas!

LISETTE.

Point de foupirs. Le tems preffe. Vous aimez Valere. M. Orgon, veut vous époufer aujour-d'hui ? Quel parti prenez-vous ?

JULIE.

En ai-je d'autre à prendre que celui de la foumiffion ! Valere & moi nous fommes fans fortune.

LISETTE.

Votre fort peut changer.

JULIE.

Eh ! le peut-il après lès précautions cruélles de mon oncle ? Il ne m'a légué tous fes biens en mourant qu'à condition que j'épouferois M. Orgon.

LISETTE.

Quelle injuftice !

JULIE.

Il étoit fon ami ; il lui a tranfmis tous fes droits, fi Valere ne m'obtient des mains de mon tuteur, je ne puis être à lui.

LISETTE.

Eh bien ! il faut qu'il vous demande à votre tuteur.

JULIE.

Le bel expédient !

LISETTE.

Il eft plus fûr que vous ne penfez. Tenez, Mademoifelle , votre manque de confiance vous a toujours fait regarder M. Orgon comme un tyran. Pour moi, je crois le connaître mieux; la fimplicité de fon caractère manifefte en tout la bonté de fon ame. Ofez lui dire que vous êtes pénétrée d'eftime pour lui ; mais que vous ne pouvez l'aimer ; ajoutez que Valere a votre foi. M. Orgon, généreux, fenfible, compatif-fant peut-être.....

JULIE.

Moi, lui dire que je ne l'aime point? Non, Lifette. Je n'aurai jamais la hardieffe de lui faire cet aveu.

LISETTE.

Cela feroit pourtant néceffaire ; mais enfin puifque vous n'en avez pas le courage , il faut vous réfoudre à fuivre ma premiere idée. Oui, Mademoifelle, ce n'eft qu'en le trom-pant que nous pouvons trouver les moyens de rompre un mariage fi fâcheux. J'ai mis fon valet Frontin dans vos intérêts , il m'aime, & j'efpère.... Le voici qui s'avance.

SCENE II.

ORGON, FRONTIN, JULIE, LISETTE.

JULIE.

AH ! Frontin, tu veux donc bien nous servir.

FRONTIN.

Qui ne s'intéresseroit à vous, Mademoiselle ?
(*Il avance un pas & regarde si Orgon dort,
en passant la main sous le menton de
Lisette.*)
Voilà mon prix. Je ne sais pas calculer, mais
dans le marché que je fais, j'y trouve un double
profit pour mon cœur.

JULIE.

Je te devrai tout, si tu peux rompre mon
mariage avec M. Orgon.

FRONTIN.

J'y rêverai ; mais au moins empêchez que
votre amant ne paroisse.

JULIE.

Est-ce que Valere est ici ?

FRONTIN.

Il vient d'escalader les murs du jardin. Ses

plaintes , fes gémiffemens , font retentir tout le véftibule. Il dit qu'il faut qu'il vous voie ou qu'il meure.

JULIE.

Vas, je fouffre autant que lui.

LISETTE.

Dis-lui d'entrer.

FRONTIN.

Tu ne réfléchis pas qu'un jaloux dort tou-jours mal.

JULIE

Que dois-je faire ? Parle , Lifette. Frontin , confeille moi.

LISETTE.

Je dis qu'il faut le voir tout-à-l'heure.

FRONTIN.

Ce n'eft pas mon avîs. M. Orgon peut s'é-veiller.

LISETTE.

Oh que non ! Il ne dort jamais plus fort que dans fa méridienne. Voilà le moment de con-certer avec Valere les moyens de le faire tom-ber dans quelque piége.

FRONTIN.

On en trompe tous les jours de plus fins.

LISETTE.

Il a de l'efprit, de la raifon ; ne t'y trompe pas, non. La peur de la mort, l'effroi que lui cauſent involontairement les indices du mal le plus léger, le rendent facile, crédule, même ſuperſtitieux, c'eſt par-là qu'il le faut attaquer; mettons ſes frayeurs à profit; nous n'avons que ce moyen de l'amener à nos fins.

FRONTIN.

Voyons comment s'y prendre; tantôt il ſe plaint que le froid reſſerre ſes humeurs, tantôt il dit que le chaud remue trop ſa bile: ſi ce n'eſt le vent, c'eſt toujours la pluie qui l'enrhume. Une mouche qui bourdonne à ſes oreilles le fait tomber en ſyncope, & l'eau qui n'eſt pas filtrée lui donne la colique.

LISETTE.

Puiſque tu connois ſi bien ſon foible, il faut t'efforcer de lui perſuader que ſon âge, ſa mauvaiſe ſanté, tout s'oppoſe au mariage qu'il projette.

FRONTIN.

Laiſſe-moi faire.

LISETTE.

Attendons tout des circonſtances, & laiſſons agir M. Orgon; au moindre mal de rate il nous fournira lui-même des armes pour le combattre.

FRONTIN.

On frappe.

LISETTE.

C'eſt, ſans doute, Valere.

FRONTIN.

Ouvrirai-je.

LISETTE.

Oui, ſûrement.

JULIE, *vivement.*

Non, Liſette. Je ne ne le veux pas. (*Affec-tant un air ſévère.*) Frontin, ſongez que je vous le défends.

FRONTIN.

Vous ſerez obéï, Mademoiſelle ; je vais le congédier.

SCENE III.

ORGON, JULIE, LISETTE, FRONTIN, VALERE.

VALERE *à Frontin.*

LAISSE-moi entrer, je t'en conjure.

FRONTIN, *tenant la porte à demi fermée ſur Valere.*

Ce n'eſt point là le moment de parler à Mademoiſelle. Liſette & moi nous vous ſervons tous deux. Retirez-vous.

VALERE.

De grace , Frontin.

(*Lifette fait figne à Valere d'entrer ; elle veut fe lever pour l'aller joindre. Julie la retient , & la contredit par des geftes contraires qu'elle fait à Frontin.*)

FRONTIN, *à Valere, fixant Julie.*

Il n'eft pas poffible. Mon maître eft un ja-loux qui ne veut pas qu'elle le quitte , même pendant qu'il dort, vous le voyez. S'il favoit jamais.....

VALERE , *les yeux attachés fur Lifette.*

Tu vois bien que Lifette m'appelle. (*Il le pouffe & entre brufquement.*)

FRONTIN, *bas à Valere , en marchant der-riere lui.*

Ne faites point de bruit ; au moins, de la prudence.

VALERE, *bas à Frontin.*

N'appréhende rien. (*Courant au devant de Julie.*) Enfin, belle Julie, il m'eft donc per-mis d'avoir le bonheur de vous voir !

JULIE, *émue.*

Valere.....Retirez-vous.

VALERE.

Laiffez-moi vous parlér un moment.

(*Orgon fait quelques mouvemens dans fon fau-teuil ; ils en font tous allarmés.*)

FRONTIN, *bas à Valere.*

Monfieur, délogez au plus vîte.

VALERE, *bas à Frontin.*

Mais.....

(*Frontin bas à Valere, le prenant par le bras & le féparant de Julie*).

Et vite & tôt, demain vous conterez tout cela.

LISETTE, *après s'être approchée d'Orgon, & s'être affûrée qu'il dort.*

(*A Valere, l'arrêtant par le bras.*) Demeurez. (*A tous les trois.*) Nous, fommes plus heureux que fages. Il ronfle de plus belle.

FRONTIN.

Bon ; tant mieux. Il me vient une idée.

JULIE,   LISETTE,   VALERE, *enfemble.*

Quelle ?   Parles ?   Dis-nous ce que c'eft.

FRONTIN, *les raffemblant tous les trois.*

Plus bas. (*A Julie.*) Les rhumes & les catharres auxquels le bonhomme eft fujet, lui ont fait faire depuis peu des contre-vents avec des rideaux qui joignent très-bien.

JULIE.

Oui.

FRONTIN, *fe tournant du côté de Lifette.*

Le moindre vent , ni le moindre jour ne peuvent y paffer ?

LISETTE.

Non.

VALERE.

Pourſuis.

FRONTIN, *à Valere.*

Je vais tout fermer avec ſoin.

VALERE & LISETTE, *enſemble.*

Fort bien.

JULIE.

Mais......

FRONTIN, *continuant de parler à Valere.*

L'appartement ainſi clos deviendra plus noir qu'un four. S'il vient à s'éveiller , vous pourrez au moins vous échapper ſáns qu'il vous voye.

VALERE.

C'eſt bien penſer.

LISETTE.

Tu as raiſon.

JULIE.

Non, Valere : de grace , allez vous-en.
(*Frontin ferme les volets , on baiſſe les lampes,
& le Théâtre s'obſcurcit.*)

VALERE.

Eh quoi ! refuſerez-vous de rendre l'eſpoir à mon ame allarmée ? Je vous perds..... Ma conſtance a-t-elle laſſée la vôtre ?

JULIE.

Si vous n'êtes venu que pour m'accabler de vos reproches injustes.....

LISETTE.

Etes-vous fou ? Il est bien tems de se quereller quand il est question de trouver les moyens de parer un coup qui vous désespěreroit tous deux.

JULIE.

Mais aussi.......

LISETTE.

Allons, paix ; trêves à toutes disputes.

FRONTIN.

Plus bas donc , morbleu : parlez plus bas.

ORGON, *se réveille en bâillant.*

Ha. . . . .

LISETTE, *bas.*

Chut,

VALERE, *à demi voix.*

Maudit soit du vieillard ! Le voilà qui se réveille.

FRONTIN, *bas à Valere.*

Peste soit de vous - même ! Pourquoi avez vous fait tant de bruit.

ORGON, *se parlant.*

Je viens de faire un bon somme. (*Se frottant les yeux.*) Seroit-il déja nuit ?

FRONTIN, *bas.*

Bon ! il croit qu'il fait nuit.

ORGON, *continuant de se parler.*

J'ai donc dormi bien long-tems ? (*Elevant la voix.*) Frontin ?

FRONTIN.

Monfieur ?

ORGON.

Que fais-tu là ?

FRONTIN.

Rien.

ORGON.

Comment, rien ! Pourquoi n'as-tu pas allumé les bougies ?

FRONTIN, *d'un ton embarrassé.*

Les..... bougies, Monfieur ?

ORGON.

Sans doute.

JULIE, *à Valere, à demi-voix.*

Sauvez-vous, Valere.

ORGON.

Hem : que dis-tu ?

FRONTIN.

Je dis..... qu'il n'eft pas néceffaire.

ORGON.

Il n'eft pas néceffaire ?

FRONTIN.

Non, Monfieur, puifqu'il eft grand jour.

ORGON.

Il eſt grand jour!

FRONTIN.

Vous le voyez auſſi bien que nous ; il n'eſt que cinq heures.

ORGON, *ſe troublant.*

Que dis-tu, cinq heures? Comment, il n'eſt pas nuit?

FRONTIN.

Comment, nuit ! Le jour n'a jamais été ſi beau.

ORGON.

Te mocques-tu de moi , pendart?

FRONTIN.

Le Ciel m'en préſerve.

ORGON.

Viens ici.

FRONTIN.

Me voilà.

ORGON.

Où donc ?

FRONTIN.

Devant vous.

ORGON.

Devant moi !

FRONTIN.

Oui, Monſieur, & Liſette auſſi.

ORGON.

Où eſt Julie ?

JULIE, *d'une voix tremblante, après avoir*
hefité à répondre.

Me voici.

ORGON, *fe troublant de plus en plus.*

Mais.... je ne vous vois point.

FRONTIN.

Nous vous voyons bien, nous.

LISETTE, *haut à Frontin.*

Tu te donnes la peine de lui répondre ;
eft-ce que tu ne vois pas que Monfieur rêve.

ORGON.

Non, Lifette, je ne rêve point ; fois. per-
fuadée que je fuis très-éveillé. O Ciel ! Se-
rois-je devenu fubitement aveugle ?

(*Ici Frontin fe raffure.*)

(*Pendant les à parte fuivans, Orgon paroît ab-*
forbé par la trifteffe. Les coudes appuyés fur
fes genoux, il foutient fa tête, qu'il laiffe,
par intervalle, tomber fur fes deux mains.
Cinq heures fonnent à la pendule. Il les compte
par fes doigts. Cette derniere preuve qu'il fait
jour, achève de le convaincre.)

FRONTIN, *bas à Julie.*

Bon, il s'enferre de lui-même. Aveugle !
(*Ce mot doit rouler circulairement avec joie &*
avec rapidité.)

JULIE,

JULIE, *bas à Lifette.*

Aveugle.

LISETTE, *bas à Valere.*

Aveugle.

VALERE, *bas à Lifette.*

Fort bien.

FRONTIN, *bas à Julie.*

Mademoifelle, fecondez-nous.

JULIE, *bas à Frontin.*

Je crains.

FRONTIN, *bas à Julie.*

Votre filence nous trahiroit; parlez à **votre** tour.

ORGON, *d'un ton pleureur.*

Frontin, Lifette, Julie!

FRONTIN.

Eh bien, Monfieur ? Eh bien ? Eft-ce une Comédie que vous voulez jouer ?

LISETTE.

Dites-le-nous franchement.

JULIE, *d'une voix mal affurée.*

Ceffez de plaifanter, je vous prie.

ORGON.

Je ne plaifante point : ce que je dis n'eft que trop véritable. Je ne vois plus. Quel in-térêt aurais-je de te faire croire que j'ai perdu la vue !

B

LISETTE.

Qui le penferoit en le regardant ! Tenez, Mademoifelle, voyez comme fes yeux font beaux !

FRONTIN.

Pas fi beaux. Moi je les trouve très-rouges. Tiens, paffe de ce côté, Lifette. Obferve avec attention cette taie fur la prunelle. Tu ne vois pas ?

LISETTE.

Non.

FRONTIN.

Baiffe-toi, tu la découvriras mieux.

LISETTE.

Ah ! oui, vraiment. En voilà deux même, trois, fur l'œil droit ! Regardez, regardez, Mademoifelle.

JULIE.

C'eft vrai !

ORGON.

Ne feroit-ce point un coup d'air que j'aurois reçu par aventure ?

FRONTIN.

Ma foi, non, la porte même eft entrebâillée.

ORGON, *avec humeur.*

Mais je l'ai déja dit cent fois, quand je dors, pourquoi la laiffe-t-on ouverte !

FRONTIN.

Si vous avez froid, j'allumerai du feu.

ORGON.

Au contraire, j'ai trop chaud. C'eft ce qui fait que le vent m'incommode. Ma derniere fluxion n'eft venue que par cette imprudence.

LISETTE.

Ce que c'eft que de nous ! Ah ! grands Dieux !

FRONTIN.

Comme les accidens arrivent tout-à-coup ?

JULIE.

Qui auroit dit ce matin qu'un pareil malheur lui feroit arrivé !

FRONTIN.

C'eft cette maudite faignée qu'on lui a faite hier qui aura occafionnée cet accident. Je ne le voulois pas moi.

ORGON.

La faignée, dis-tu ?

JULIE.

Rien n'eft fi contraire à la vue.

LISETTE.

Outre qu'elle l'affoiblit, elle met les humeurs en mouvement, & votre goutte, qu'elle aura forcée d'abandonner vos talons, fe fera inhumainement réfugiée dans votre tête.

ORGON.

La chienne de goutte !

FRONTIN.

Un homme aussi prudent que vous se faire
saigner le treize du mois.

LISETTE.

A la treizieme heure du jour.

JULIE.

Un Vendredi !

ORGON.

Ah ! Ciel !

FRONTIN.

Dans la canicule, encore !

ORGON.

La malheureuse saignée !

FRONTIN.

Je n'ôse cependant affirmer que ce soit
cela ; peut-être il se pourroit..... oui. Je
gagerois que le venin de quelqu'insecte....

ORGON, *se frottant les yeux.*

En effet, je me rappelle avoir été réveillé
plus d'une fois par des picotements...

FRONTIN.

Consolez-vous, le mal n'est pas sans re-
mède.

ORGON.

Vas me chercher un Oculiste.

FRONTIN.

Vous amenerai-je celui dont la réputation fait tant de bruit?

ORGON.

Qui? ce Gafcon nouvellement arrivé?

FRONTIN.

Eh, non! Bah! un Gafcon! c'eft bien un Virtuofe de la Garonne qu'il vous faut! C'eft ce fameux Italien qui fait courir après lui toute la France; la crême & la fleur de tous les Médecins, M. Olliviranello di Bancalchatris, dè Palpas Pigaftro.

ORGON.

Bon Dieu! quel nom! Si le favoir faire de cet homme eft auffi étendu que fon nom, il doit être bien habile!

FRONTIN.

Il vous guérira de tous ces maux en un clin-d'œil.

ORGON.

Cours promptement chez lui.

FRONTIN.

Je vous fuis trop néceffaire. Vas-y, Lifette. Tiens, voilà fon adreffe. (*Bas, à Lifette.*) Vas fermer les volets de tous les appartemens; tu donneras l'ordre enfuite qu'on ne laiffe entrer perfonne. (*Haut.*) Tu entends bien,

à main gauche, en entrant ... par la rue ...
là ... cette porte cochere auprès du cul-de-sac
qui ....

LISETTE.

(*Haut.*) Oui, oui ; je vois cela d'ici. (*Bas,
à part.*) Reste à savoir si je pourrai trouver la
porte.

Elle se heurte contre une table qu'elle renverse
en sortant.

ORGON.

Prends donc garde à ce que tu fais. Ne
vois-tu pas clair aussi toi ? Vas doucement.
Cette fille est d'une si grande étourderie qu'elle
se tuera quelque jour.

SCENE IV.

ORGON, JULIE, VALERE, FRONTIN.

ORGON.

EN attendant cet Oculiste, si j'allois me reposer
sur mon lit ? Frontin, qu'en penses-tu ?

FRONTIN.

Vous ferez bien, Monsieur ; vous y serez
beaucoup mieux qu'ici.

VALERE, *bas à Julie.*

Nous ne tarderons pas, ma chere Julie, à nous parler en liberté.

SCENE V.

UN FACTEUR, ORGON, JULIE, VALERE, FRONTIN.

LE FACTEUR, *entrant par une autre porte que celle par où Lifette eft fortie.*

(Se parlant à lui-même.) (A demi voix).

OH, oh! on fe couche ici de bonne heure, à ce qu'il me paroît ! (*Elevant la voix*) Y a-t-il quelqu'un ?

ORGON.

Qu'eft-ce ?

LE FACTEUR.

Monfieur, c'eft le Facteur.

FRONTIN, *bas.*

Que cent diables t'étranglent, maudit courier de malheur : (*Haut*) qui t'a permis d'entrer ?

LE FACTEUR.

Moi, notre Bourgeois ; je m'en fuis bâillé la permiffion.

FRONTIN.

Bâille-toi celle de déloger promptement.

LE FACTEUR.

Le Portier n'étoit pas dans sa loge, &.....

JULIE.

C'est bon : c'est bon, mon ami ; mets-là ta lettre.

LE FACTEUR.

Où, Mademoiselle? Faut - il avancer bien loin ? J'ai peur de me casser le col.

(Il avance quelques pas en tremblant).

JULIE, *bas à Valere.*

Cet homme va nous trahir.

LE FACTEUR, *faisant un faux-pas.*

Haie : le pavé est bien glissant ?

ORGON.

Ces gens-là ne sont pas habitués à marcher sur le parquet.

FRONTIN.

Non, certainement.

LE FACTEUR.

Ce n'est pas tout-à-fait cela ; c'est parce que....

FRONTIN.

Allons, allons : point tant de raisons ; vas-t'en.

LE FACTEUR.

Venez donc prendre au moins votre lettre.

FRONTIN, *avançant vers le fonds du Théâtre.*

(*Haut.*)Donne-la moi.(*Bas.*) Où es-tu? jette-là par terre.

LE FACTEUR.

Je ne demande pas mieux (*Il la jette.*), la voici.

FRONTIN.

Je n'ai pas de monnoie ; on te payera demain.

LE FACTEUR.

Oh! que ça ne vous gêne pas ! bonjour.

FRONTIN.

Vas-t-en au diable à préfent.

JULIE, *bas.*

Le voilà enfin parti !

SCENE VI.

ORGON, JULIE, VALERE, FRONTIN.

ORGON.

AIE donc plus d'humanité, ne te mets donc pas fi fort en colere contre cet homme.

FRONTIN.

Bon , Monfieur , de l'humanité ! c'eft un mal-

heureux ; il eſt ſi: yvre qu'il ne ſauroit deſ-
ſerrer les dents.

ORGON.

Je ne ſuis plus ſurpris s'il avoit tant de peine
à ſe ſoutenir.

FRONTIN.

Il a été deux heures à fouiller dans ſes lettres
pour trouver la vôtre.

ORGON.

Lis-moi cette lettre.

FRONTIN, bas.

En voici bien d'une autre !

ORGON.

Romps le cachet. Vois de quelle part elle
vient.

FRONTIN, après une légere pauſe.

Elle vient ..... de ..... de ..... Jacqueline
Simonne.

ORGON.

Ah !

FRONTIN.

C'eſt, je crois, la fille de feu votre pere nour-
ricier ?

ORGON.

Oui.

FRONTIN.

Votre ſœur de lait, Monſieur, n'eſt-ce pas ?

ORGON.

Juftement : je fuis très-aife de recevoir de fes nouvelles.

FRONTIN.

J'en fuis enchanté auffi. C'eft une brave femme.

ORGON.

Lis : je fuis impatient de favoir ce que la bonne-femme me mande.

FRONTIN.

Monfieur......

ORGON.

Quoi ?

FRONTIN.

Si vous m'en croyez, vous remettrez cette lecture-là à demain.

ORGON.

Pourquoi cela ?

FRONTIN.

C'eft que je crains que cette lettre ne renferme quelque chofe de finiftre.

ORGON.

Les nouvelles qu'elle m'apprend peuvent être auffi fort bonnes.

FRONTIN.

Oh! pardonnez-moi : c'eft une femme qui toute fa vie a été fort malheureufe. Je fais combien vous êtes fenfible ; & , dans l'état où vous êtes, le chagrin..... croyez-moi, allez vous repofer.

ORGON.

J'irai tout-à-l'heure. Lis, te dis-je.

JULIE, *bas à Valere.*

Comment pourra-t-il fe tirer de-là?

FRONTIN, *bas.*

Dans quel embarras ce chien de Facteur me jette! par où débuterai-je!

ORGON.

Eh bien?

FRONTIN, *feignant de lire.*

«Monfieur mon frere, à qui Dieu veuille » conferver la fanté (elle ne fe doute pas du » malheur qui nous eft arrivé) je fuis malade » à Rouen, giffante fur un grabat.

ORGON.

La pauvre femme!

FRONTIN.

Je vous avois bien dit que cette lettre vous affligeroit, laiffons cela.

ORGON.

Non, continue. De quel jour écrit-elle?

FRONTIN.

De quel jour? ma foi je n'en fais rien. Il faudroit être forcier, Monfieur, pour vous le dire.

ORGON.

Vois la date, pécore.

FRONTIN.

La date?

JULIE.

Oui, elle doit fe trouver avec le nom du pays en tête ou au bas de la lettre.

FRONTIN.

C'eft jufte, Mademoifelle. Ah! la voici en haut: Abbéville *, le 4 Février mil fept cent foixante-dix-huit.

ORGON.

Abbeville! elle ne peut pas dater de Picardie, puifqu'elle eft malade à Rouen.

FRONTIN.

Vous avez raifon : comment..... eft-ce que j'ai n'ai pas dit Rouen?

ORGON.

Non, vraiment.

FRONTIN.

Le mot eft bien moulé cependant. C'eft moi qui me trompe.

ORGON.

Fais donc attention à ce que tu dis. Voyons un peu ; recommence.

---

* Pour conferver la vraifemblance, l'année que l'on énonce ici doit varier : elle doit toujours être celle où l'on fait la repréfentation de la Pièce.

FRONTIN.

(*Bas*)   (*Haut feignant de lire*).

Il a le diable au corps. « Monfieur mon frere,
» j'ai l'honneur de vous écrire ces mots, pour
» vous informer de la malheureufe pofition où
» je fuis.....

ORGON.

Encore une fois ce n'eft pas cela que tu viens
de dire.

FRONTIN.

Oh, dame! fi vous m'interrompez toujours,
comment voulez-vous que je life ! cette écriture
eft fi baroque qu'on pourroit la lire en vingt
façons différentes.

ORGON.

Lis donc comme tu l'entendras.

FRONTIN.

(*Bas*)   (*Haut, feignant de lire*).

Je fuis fur les épines. « Je fuis malade à
» Rouen (ceci eft bien lifible, par exemple),
» n'ayant plus ni fol ni maille dans mon giron,
» depuis qu'il m'eft mort, fauf votre refpect,
» deux vaches...... & fix dindons, de la cla-
» velée ? »

ORGON.

De la clavelée ?

FRONTIN.

Oui. (*En pleurant.*) Ah ! Monfieur ; c'eft une

fi honnête femme que la pauvre dame Simonne !

ORGON.

Pourfuis donc.

FRONTIN *feignant de lire.*

C'eft pourquoi........ C'eft pourquoi........
(*à part.*) Ma foi ! Je ne fais plus que dire.

ORGON.

Tu ne peux pas lire ?

FRONTIN.

Le moyen ! Il me faudroit quatre pâires de
lunettes pour lire ici. C'eft un grimoire. L'encre
eft fi blanche, fi blanche...... (*Bas à part.*)
qu'en vérité j'en fue à groffes gouttes.

ORGON.

En voilà affez. Je comprends tout. Elle eft
dans le befoin. Je la fecourerai. Donne-moi
cette lettre.

FRONTIN, *bas à Valere avec beaucoup
d'inquiétude.*

Monfieur..... Monfieur..... Je n'ai pas un
chiffon de papier dans mes poches.

VALERE, *bas à Frontin.*

Attends. Je m'en vais lui en donner.
(*Il fouille avec précipitation dans les fiennes, en
tire un papier qu'il plie en quatre & le met entre
les mains d'Orgon.*)

ORGON. *Il se leve & prend Valere par le bras.*

Allons, viens. Conduis-moi. Tu chanceles! Marche donc ferme.

VALERE, *bas à Frontin.*

Frontin, je suis pris.

FRONTIN, *bas à Valere.*

Tant pis, morbleu. Tâchez de vous échapper.

VALERE, *hauffant un peu la voix.*

Il me ferre trop fort!

ORGON.

Excufe, mon enfant. C'eft que j'ai peur de tomber.

JULIE.

Ne craignez rien, Monfieur. Frontin eft un bon guide.

FRONTIN, *cotoyant Valere & répondant pour lui aux difcours d'Orgon.*

Je vous conduirai bien, Monfieur; mais lâchez-moi un peu, s'il vous plaît......

ORGON.

Je n'ai garde. A préfent que je ne vois plus, je ne fuis pas tranquille.

FRONTIN.

Comment?

ORGON.

ORGON.

Mon mal n'eft pas la feule chofe qui m'in-
quiete. Tout redouble mes allarmes fur mon
amour. Je crains fort que Julie......
(*Le refle de la fcène fe dialogue en marchant.*)

JULIE, *bas.*

C'eft de moi qu'il parle. Écoutons.

FRONTIN.

Ah! Monfieur, que dites-vous-là! Mademoifelle Julie!

ORGON.

Parlons bas, mon cher Frontin.

FRONTIN, *baiffant un peu la voix.*

Vous craignez qu'elle nè vous foit infidelle ;
à vous qui l'aimez à l'adoration!

ORGON.

Il eft vrai.

JULIE, *bas, croyant Valere auprès d'elle.*

Valere, fuivons leurs pas.

FRONTIN.

Qui êtes fon tuteur! Qui lui avez toujours
tenu lieu de pere.

ORGON.

Parles-lui à toute heure de moi.

JULIE, *bas à part.*

Il ne répond point.

ORGON.

Fais-lui concevoir de l'horreur pour tous ces

C

blondins, ces freluquets...... J'en vois roder un tous les jours fous mes fenêtres......

JULIE, *en cherchant Valere & paffant devant Orgon.*

Valere......

ORGON.

Oui, juftement Valere. (*Valere heurte un fiége qu'il rencontre.*)

ORGON.

Cet étourdi.

FRONTIN.

Ce n'eft rien, Monfieur, je ne me fuis pas fait de mal ; au contraire. Soyez tranquille fur Valere. Je vous affure que je le ferai déguerpir. Je veux veiller en votre place, & dès ce foir en embufcade , armé d'un gros bâton......

JULIE, *parcourant le Théâtre d'un côté oppofé à celui où eft Orgon.*

St......

ORGON.

Le brave garçon. Je veux récompenfer ton zele. Prends cette bourfe.

(*Ils s'arrêtent tous les trois devant la porte qu'ils ont déja paffée fans pouvoir la trouver.*)

FRONTIN, *il quitte Valere qu'il tenoit par la manche, pour chercher à prendre la bourfe.*

Ah! Monfieur........

ORGON.

Prends, prends.

FRONTIN, *cherchant la bourse.*

Je vous fers fans intérêt........

ORGON.

Je le veux croire.

FRONTIN, *bas.*

Maugrebleu de la circonftance! (*Haut*) Je ne la prendrai pas........

> (*Valere attrape la bourfe, & la remet dans la main d'Orgon, croyant la donner à Frontin*).

ORGON, *tendant de nouveau la bourse.*

Prends, te dis-je.

FRONTIN

(*Bas en fe dépitant*).   (*Haut*).

Celui-là eft défefpérant! Je ne le puis, fur mon honneur.

ORGON, *à part.*

La belle ame! puis je douter à préfent de fon affeČtion! je défie que l'on trouve un valet plus fidele & moins intéreffé.

> (*Il met la bourfe dans fa poche, & fort avec Valere, qui, faifant un pas, rencontre enfin la porte*).

✻

SCENE VII.

JULIE, FRONTIN.

FRONTIN, *cherchant toujours la bourſe.*
(*Bas*).   (*Haut*).

J'ENRAGE...... En toute autre occaſion,
Monſieur, je l'aurois déjà priſe.

JULIE, *n'entendant plus parler Frontin*
qui s'occupe à chercher la bourſe.
Je ne les entend plus; je crois qu'ils ſont
ſortis.

FRONTIN, *bas.*
Oh! tôt ou tard, elle me reviendra.

JULIE.
(*Saiſiſſant Frontin par le bras*).
Ah, vous voilà! la bonne dupe que ce pau-
vre Monſieur Orgon!

FRONTIN, *haut.*
Il eſt vrai, mais........

JULIE, *baiſſant la voix, & quittant Frontin.*
C'eſt toi, Frontin! (*Elle s'éloigne à grands pas*
toute effrayée.

FRONTIN.
Vraiment oui, c'eſt moi : le haſard nous
a très-bien ſervi; n'ai-je pas bien fait d'en
profiter ?

JULIE, *revenant sur ses pas.*

Où est Valere ?

FRONTIN.

Valere, comme un sot, s'est laissé prendre au collet par Monsieur Orgon, qui l'a sans doute emmené dans sa chambre.

JULIE.

Ah Ciel ! qu'as-tu fait !

FRONTIN.

Est-ce ma faute à moi si ? ....

JULIE, *éplorée.*

Oui, c'est ta faute. De quoi t'avisois-tu ? hélas ? dans quel embarras Valere ne doit-il pas être ?

FRONTIN.

Je marchois à ses côtés, & répondois pour lui aux discours du vieillard ; mais l'obscurité est si grande, que je me suis écarté, &........

JULIE.

Ah ! cette obscurité pourroit nous trahir : je vais la dissiper.

(*Elle ouvre les volets, & on leve les lampes*).

FRONTIN.

Mais songez-donc que, s'il vient à rentrer, il va s'appercevoir........

JULIE.

Eh ! que peut-il m'arriver de pire ! Valere

va tout découvrir ! Mon cher Frontin, cours
l'arracher de ses bras.

FRONTIN.

Malpeste ! j'aime mieux attendre qu'il en
sorte.

SCENE VIII.

FRONTIN, JULIE, VALERE.

VALERE, *entrant avec précipitation sur
le Théâtre.*

'EN voilà heureusement débarrassé ; ouf !

JULIE.

Le voici ! je respire. Ah ! Valere, que j'ai
souffert ! Mon esprit n'est pas encore remis de
son trouble.

VALERE.

Jamais peine ne fut égale à la mienne : je
marchois à tâtons ; je m'égarois à chaque pas,
& vingt fois j'ai pensé tomber avec lui.

FRONTIN, *il ramasse la lettre que le Facteur a jettée, & en lit l'adresse à demi-voix.*

A Monsieur, Monsieur Orgon de la Pirau-
diere.

(*Très-haut*). Ah ! si j'avois su cela plutôt !

JULIE.

Qu'as-tu donc?

FRONTIN, *défefpéré.*

Cette lettre........

JULIE.

Eh bien! cette lettre? ....

FRONTIN.

N'étoit point pour votre tuteur, Mademoifelle ; elle eft pour fon coufin.

VALERE.

Sans les reffources de ton efprit, elle nous
perdoit tous.

FRONTIN.

J'avois bien befoin d'en ufer les refforts
inutilement ; mais au furplus, pouvions-
nous deviner........, Oublions nos revers,
dites-moi un peu, comment avez-vous fait
pour n'être pas reconnu?

VALERE.

Le hafard m'a fervi tout en arrivant ; il m'a
ordonné de lui lire quelque chofe, pour dif-
traire un peu fon chagrin.

FRONTIN.

Fort mal cela.

VALERE.

Vas prendre un livre dans fa bibliotheque,
& vas prendre la place.

FRONTIN.

C'eſt bientôt dit : quoi, ventrebleu, j'échappe au danger, & vous avez la cruauté de vouloir que je m'y replonge! non, Monſieur; j'ai pu feindre de déchiffrer quatre mots d'une lettre ſuppoſée; mais ne vous imaginez pas que je puiſſe lire un livre ſans y voir.

SCENE IX.

LES MÊMES, ORGON.

ORGON, *derriere le Théâtre.*

ARRÊTE.

VALERE.

Quel ſurcroit d'embarras!

FRONTIN.

La chienne de fantaiſie qui lui prend!

JULIE.

Vois où nous réduit ta maudite invention!

FRONTIN.

Qui diantre l'auroit pu prévoir! ce vieux rocantin a toujours regardé la bibliotheque de ſes peres, comme le meuble le moins utile de ſa maiſon.

ORGON, *derriere le Théatre, criant encore plus fort.*

Frontin?...

SCENE X.

FRONTIN, JULIE, VALERE.

JULIE.

JE crois qu'il approche ; fauvez-vous , Valère.

VALERE, *s'enfuyant.*

Je fuis contraint de vous obéir.

SCENE XI.

JULIE, FRONTIN.

JULIE, *fe parlant, mais affez haut pour être entendue de Frontin.*

QUE va-t-il penfer de tout ceci ?

FRONTIN, *fe parlant également.*

L'affaire eft férieufe. J'ai bien peur que mon dos.... Foin du vieillard & de moi ! Pour nous tirer d'un pas auffi fâcheux, commençons par refermer les volets.

(Lifette entre & ne lui donne pas le tems de les fermer.)

SCENE XII.

JULIE, FRONTIN, LISETTE.

LISETTE.

TON Maître se plaint de ce que tu le laisses seul. Il te demande à grands cris.

FRONTIN, *désespéré.*

Je ne l'entends que trop. S'imagine - t - il que je sois sourd ! Je crois que le Diable s'en mêle ! Je vois naître embarras sur embarras...

LISETTE.

Quel embarras ?

FRONTIN.

Il demande qu'on lui fasse une lecture. As-tu des yeux de Lynx ? vas-t-en lire auprès de lui.

LISETTE, *avec la plus grande tranquilité.*

Rien n'est plus facile.

FRONTIN.

Comment ?

LISETTE.

Les volets de tous les appartemens sont ouverts.

JULIE.

Ah ! Ciel !

LISETTE.

D'où vient cette surprise ? Ne savez-vous
pas ?...

FRONTIN, *avec crainte.*

Nous ne savons rien. Auroit-il soupçonné?..

LISETTE.

Bon ! soupçonné ! Il est plus que jamais notre dupe. Tu nous avois rendus aussi aveu-
gles que lui , & nous ne pouvions agir sans
risque de nous trahir....

FRONTIN.

Il est vrai. Je réfléchissois aux moyens...

LISETTE.

Vous êtes tous des gens sans précaution. Je
viens de lui couvrir les yeux d'un bandeau ,
après les avoir frottés avec de l'eau que j'ai
prise sur la toilette de Mademoiselle.

FRONTIN, *faisant un saut de joie.*
Vivat !

JULIE.

Lui as-tu mis ce bandeau bien épais ?

LISETTE.

Deux mouchoirs lui brident le nez; il n'attend plus que l'Oculiste qu'on lui a promis ;
car vous jugez bien que j'ai supposé que cette
eau lui étoit envoyée de sa part.

FRONTIN.

Nous n'irons pas loin pour le chercher.

JULIE.

Où donc est-il?

FRONTIN.

Le voici.

LISETTE.

Toi?

FRONTIN.

Oui, moi.

LISETTE.

Il reconnoîtra ta voix.

FRONTIN.

Oh! je l'en défie. Je baragouine quand je veux aussi bien que mon ancien Maître.

LISETTE.

Ton ancien Maître!

FRONTIN.

Tu ne sais donc pas qu'avant que d'entrer au service du bon-homme j'étois l'associé d'un Charlatan? Je le suivois par-tout, à pied, à cheval, en carrosse, dedans, derriere, dans les rues, dans les bourgs, dans les villages; &, quand il étoit malade, j'allois pompeusement en Ambassade; je m'avisois de haranguer le public en sa place, avec tous ses accoûtremens.

LISETTE.

Ah ! c'eſt une autre affaire.

JULIE.

Mais ſi ſon bandeau venoit à ſe dénouer !

LISETTE.

Ne craignez rien : le bonnet qui le couvre l'aſſujettit trop pour cela. Ne lui ai-je pas d'ailleurs défendu d'y toucher. Que ne. fera-t-il pas dans l'eſpoir de guérir?

FRONTIN.

Fort bien ; mais je ne m'y fie pas. Vas donc dans ma chambre ; tu y trouveras une perruque & un habit brodé; tu me les apporteras ſans tarder.

LISETTE.

Pourquoi changer d'habit , puiſqu'il n'y voit pas.

FRONTIN.

Il faut que je l'approche : en lui parlant il peut me toucher , & mon traveſtiſſement le rendra plus que jamais notre dupe.

LISETTE.

J'y cours.

(*Orgon ſonne.*)

SCENE XIII.

JULIE, FRONTIN.

FRONTIN, *élevant la voix.*

ALLONS, allons ; tout-à-l'heure. Je ne
te rendrai la vue qu'à bonnes enseignes.

JULIE.

Pourras-tu lui en impofer au point?...

FRONTIN.

Mon Dieu ! ne foyez en peine de rien.
Reftez tranquile ; l'homme que je vais con-
trefaire avoit de l'efprit ; & , fans trop me
vanter, je ne le fecondois pas mal.

SCENE XIV.

LISETTE, JULIE, FRONTIN.

LISETTE, *apportant le paquet qu'elle jette
par terre.*

TIENS, voilà tout ce que tu as demandés.

FRONTIN.

Bon : allons, retirez-vous. Des demoifelles
bien nées ne doivent point voir un joli homme,

d'une tournure agréable, difposer les apprêts de
fa toilette ; la bienféance......

LISETTE, *riant.*

Faquin !

FRONTIN.

Décampe ; vas t-en avertir Monfieur Orgon
que l'Oculifte eft arrivé. Ecoute : écoute ; s'il
me demande, tu lui diras.....

LISETTE.

Que tu viens de fortir pour épier Valère ?

FRONTIN.

Oui : & que l'intérêt de fon amour m'em-
pêche de me rendre auprès de lui.

LISETTE, *fortant.*

C'eft entendu.

FRONTIN.

Vous , Mademoifelle , allez , par un mot
d'écrit, délivrer Valère d'inquiétude. Recom-
mandez - lui fur-tout , qu'il ne s'écarte pas.

*(Julie fort par un côté oppofé à celui de
Lifette.)*

SCENE XV.

FRONTIN, *feul.*

AH ça : voyons un peu. Commençons par
mettre la perruque. Non, ce n'eft pas cela ;

l'habit auparavant : le collier de l'ordre ; la perruque à préfent : le chapeau à grandes plumes. Le diable m'emporte fi je ne crois être mon ancien maître ! quand Monfieur Orgon y verroit clair , fûrement il ne me reconnoîtroit pas ! on vient. Paix ; c'eft lui : prenons le ton grave qui convient à notre nouvel état. (*Il touffe.*) : hum : hum : hum.

SCENE XVI.

ORGON, LISETTE, FRONTIN.

ORGON, *un bandeau fur les yeux , & appuyé fur Lifette.*

CE maraut !

FRONTIN, *à part.*

A qui en veut-il ?

ORGON.

Me   laiffer feul !

FRONTIN, *à part.*

C'eft contre moi qu'il jure.

ORGON.

Dans l'état où je fuis !

LISETTE.

Mais, Monfieur.....

ORGON.

ORGON.

Lorsque je n'eus jamais plus besoin de son secours.

LISETTE.

Quoi donc! avez-vous sitôt oublié ce que je vous ai dit?

ORGON.

Que m'as-tu dit?

LISETTE.

Qu'il faisoit sa ronde autour de la maison : il est maintenant occupé à épier Valere.

ORGON.

Je le tiens quitte de ce soin ; il n'a qu'à bien fermer toutes les portes, ce godelureau n'entrera point.

FRONTIN, *à part.*

Il faut jouer d'adresse, ou bien le Médecin pourroit aller à tous les diables. (*Haut.*) Eh bien! quoi? qu'est-ce? me voici.

LISETTE.

Ah! je ne te voyois pas.

FRONTIN.

Tu ne vois rien, toi.

ORGON.

Et toi, double traître, que fais-tu là ? Pourquoi me quittes-tu ? Pourquoi ne pas venir quand on t'appelle?

D

FRONTIN.

Eh ! je vous ai bien entendu, mais je ne pou-
vois pas quitter M. le Médecin que voilà, &
qui vous attend.

ORGON.

Monsieur se seroit fort bien passé de ta com-
pagnie.

FRONTIN, *avec l'accent Italien.*

« (1) Excousés mi, signor ; stou garçoun est
» oun garçoun savant, pouli, honneste. Sa
» conversationné m'a ploù infiniment ».

Ah ! Monsieur ! vous êtes bien bon. Je suis
très-sensible à votre politesse, & à l'honneur
que je reçois..... de la satisfaction.....

« Non, moun ami, je ne dis rien de trop.
» Dita mè oun pou, Mademifelle, sta signor
» perchè vo m'avez fait vinir ; est-ce sta per-
» sonne avougle ? »

LISETTE.

Ouí, Monsieur.

FRONTIN, *avec l'accent.*

« La reverisco mio Padroné, qu'oun l'ap-
» prouche & qu'oun lou fasse asseoir à costé di
» moi. Loui à toun bassiné les yeux avec moun
» eau, comme j'ai dit ? »

____

(1) Les Guillemèts servent à indiquer les tems où Frontin déguise sa voix.

LISETTE.

Oui , Monſieur.

FRONTIN.

C’eſt Liſette qui a opéré en votre abſence.

« Bené , c’eſt oune eau di loungue vûe , ché
» diſſout la cataracte, jè l’ai coumpouſée avec
» lou ſuc d’ouné racinè ; chè nè croit què tous
» les cent ans aux Antipoudes.

ORGON.

Què tous les cent ans aux Antipodes ! Elle
doit être bien rare ?

FRONTIN, *avec l’accent.*

« Dans toute la terre habitable je ſo uis lou
» ſeul què la poſſède.

ORGON.

Voulez-vous voir mes yeux ?

FRONTIN, *avec l’accent.*

» Il n’eſt pas tems d’outer votre bandeau : en
» livant ſitôt l’appareil, moun eau ,s’évapou-
» reroit & perdroit toute ſa vertu. »

Aſſurément , Monſieur , gardez - vous - en
bien.

ORGON.

Mais cependant.....

FRONTIN , *avec l’accent.*

« Oun pou de patience , mia ſignore. »

Oui , c’eſt bien dit. Patience ; laiſſez-vous

gouverner par Monsieur ; il sait mieux que vous ce qu'il doit faire.

« Je souis assez versé dans moun art per de-
» viner à la teinte roubicounde di vos joues que
» vos yeux sount rouges & enflammés.

(*Bas à Orgon.*) Ce Médecin est bien habile ; il se rencontre juste avec ce que je vous en ai dit tantôt.

LISETTE.

Croyez-vous, Monsieur, que le venin d'une araignée ?.....

FRONTIN, *avec l'accent.*

» Lou vinin d'oune arreignée ! qu'est-ce l'âne
» ché a pou vo dire ouna pareille balourdise ?

LISETTE.

C'est Frontin.

FRONTIN.

FRONTIN, *avec l'accent.*

« Sta Frountin ne sait ce qu'il dit. «

Mais, Monsieur.....

« Est-ce vo, mon ami, chè sietes Lou Frontin ?

Oui, Monsieur, c'est moi.

« Eh bien, jè lou repete, vo ne savez sta què
» vo dites. »

Monsieur..... Je sais fort bien.....

» Què vos iêtes oun ignourant ouna bestia. »

Mais, Monsieur.....

» Jé vo dis que vous iêtes ounè beste. »

Et vous un faquin. Sans le refpect que je dois à mon maître.

ORGON.

Parlez donc , Monfieur l'effronté.....

FRONTIN.

Mais , Monfieur , c'eft un infolent.

« Moi , je fouis oun infoulent.....

ORGON.

Tais-toi ; je t'affomme fi tu parles.

LISETTE, *bas à Frontin.*

Pourfuis ; cela va bien.

PRONTIN, *avec l'accent.*

» Traiter lou fameux Ollivirianelle di Bancal » Chatris, dè Palpas pis gaftre d'infoulent ! je ne » le fouffrirai de la mia vie. »

Vous faites le méchant ici , mais..... Nous fommes de revue, Monfieur le Marchand d'or— viétan.

» Moufou faites dounc taire ftou doumeftique » perché perquoi. »

Oui, va, va, avec ton perché perquoi ; je ne te crains pas.

» Monfou, faites dounc taire ftou Domeftique; » je ne fouis pas fait per me coumproumettre.»

ORGON.

Coquin , fors d'ici ; crois-moi , évite de nous échauffer les oreilles.

FRONTIN.

Allons, allons, calmez-vous, Monfieur; je ne dirai plus rien.

ORGON.

A la bonne heure.

LISETTE.

Tu feras bien.

FRONTIN, *avec c l'accent.*

« Vo devriez favoir, moun pitit raifounneur,
» chè faites lou capable, què loin qu'une araigna
» foit venimoufe, oun applique fa toile four les
» bleffoures les plus vives pour les guirir. Mais
» laiffons cela : per bien connoître la natoure di
» voutre mal, il faut commencer per étudier
» voutre tempérament. Quel aggie avez voûs ? »

ORGON.

Je n'aï que foixante & fept ans.

FRONTIN, *avec l'accent.*

« Année climatérique ! voftré noum, Mou-
» fou ? »

ORGON.

Je m'appelle Orgon.

FRONTIN, *avec l'accent.*

« Oùrigoun ! voilà oun noum bien finiftre !
» où touta les regles di la Chironmancia foient
» fauffes, ou lou pourtour d'oun pareil noum
» nè povoit manquer oun jour d'être avougle.

» Donnez-mi voſtrè bras. Voilà oun poulx d'oun
» bien michant caraĉtere : què doureté ! ſoun
» agitatioun eſt parbleu vioulentę ! » (*Il lui ſe-
coue rudement le bras.*)

ORGON.

Ouf ! il me rendra la vue en me caſſant les
bras ; je ſerai bien avancé !

« Crachez pour voir. (*Orgon crache.*) Ah, chè
» ſpontatioun ! il crache lou ſang ! ſignè què les
» arteres ount tranſpourté lours réſervoirs en
» enhaut , & què ſè pourtant à la rigioun di la
» teſte , ils loui ount dounné ſta terrible ap-
» poplexie de viſiere què no voyon. »

ORGON, *effrayé.*

Une appoplexie de viſiere.

FRONTIN, *avec l'accent.*

« Si mio padroné. »

ORGON.

Ah, Ciel ! que vais-je devenir ! (*A part*) Je
ne croyois pas être ſi malade! (*Haut,*) pouvez-
vous me dire comment j'ai ſi promptement
perdu la vue ?

FRONTIN, *avec l'accent.*

» Ché vo le dira ſi ſtou n'eſt mi ! jè lou ſais
» par lo ſtudio que j'ai faitte di la diouptrique,
» & di la catouptrique. Deſcartes prétend.....

LISETTE, *bas.*

Que lui va-t-il conter !

FRONTIN, *avec l'accent.*

» Connoiffez vo Defcartes , Monfou ? grand
» amatour per les yeux ftou Moufou Defcartes !
» c'étoit oun Philofophe grec des environs di
» Roume què admettoit lou vuide. Nos autres
» favans, nos appilouns en Philoufouphie vuide
» touti chè n'eft pas plein, & plein touti quefta
» chè neft pas vuide, perchè Moufou.....

LISETTE, *bas à Frontin.*

Ne fens-tu pas que tu t'embrouilles déjà ?.....

FRONTIN, *avec l'accent.*

(*Bas à Lifette*).

C'eft égal. (*Haut*) « Defcartes prétend què
» les ouuns naïffent avougles, & què les autres
» lè dèviennent en mourant. Il vo dit què dè
» fixer lou fouleil vo prive dè la vue, què la
» trahifoun d'oun éclair vo raze la pronnelle ,
» qu'oun veut couli vo detruit lè blanc dè
» l'œil.

(*Bas à l'oreille d'Orgon*). La |fenêtre ouverte
en dormant.

FRONTIN.

» Mais ces fortes di chofes la nè fount què
» lès caufes dè la partie animale dou l'homme.

» Lès caufes prouvinàntes des parties fpiri-
» touelles ne pouvent être approufoundies què
» par oun homme profound dans la connoiffance
» dè la natoure, & mè chè en fouis lou fcrouta-
» tour ounique, què ai pourté moun art al der-
» nier digré des perioudes, tant per la connoif-
» fance des fimples & des racines, que par celle
» des plantes què l'Etre foupref me dans oun mo-
» ment di bounté a accourdé à tout lou genre
» humain per folager fes meaux, mè chè def-
» cend perpendicoulairiment en ligne droite
» dans le cour dè l'homme ; jè vo dis, Monfou,
» què cè fount les paffions què no rendent bien
» piou avougles, que non pas touti les autres
» caufes, què né proviennent què du corps &
» nouns dè l'efprit, principalè reffort di toute la
» machine.

(*Bas à Orgon*).

Je commence à croire qu'il en fait plus que
moi, Monfieur.

ORGON.

Les paffions, dites-vous!

FRONTIN, *avec l'accent*.

» Certenamenté, Monfou, les paffiouns. Per
» chè perquoy quand elles prennent trop d'em-
» pire fur nos fens, & qu'elles no tirannifent,
» no foummes perdous. No pouvouns être avou-
» gles foubitament per la haine & per la jaloufie,

» per la coulere, per l'amour. Sta derniere
» paffion, di l'amour, eft la piou forte, la
« piou terrible, la piou tinace, la piou dan-
» giroufe de toutes.

LISETTE, bas.

Je conçois où il en veut venir.

ORGON.

Comment fe peut-il faire ?

FRONTIN, avec l'accent.

» Ah ! comment cèla fe pout faire ! je n'avance
» rien que jè nè le prouve. Je vais vo l'expli-
» quer lou plou clairiment qu'il me fera pouf-
» fible. Acoutez, nè vous a-t-on jamais dit
» c'étoit per les yeux que l'Amour fè pre-
» noit ?

ORGON.

Oui, Monfieur.

FRONTIN, avec l'accent.

» Ah donc ! vo voyez bien què jè nè vous en
» impoufe pas. L'impreffion que noutre ame en
» reçoit.....vo comprenez que c'eft dè fta paffioun
» què jè parle ?

ORGON.

Oui, Monfieur.

FRONTIN, avec l'accent.

» Bon : ebranlè lou cerveau, & roumpt.......
» lès nerfs ouptiques......enfourte què......
» la réfraction des.....rayouns què.....paffent....

» dans la chambre antérieure de l'œil, per oun
» pitit cabinet què nous avouns derriere l'oreille
» pour aller dans la chambre posteriure dè la
» retine, s'amortissant.......... ouivez - moi bien,
» contre la membrane d'ou chatoun què toum-
» be.......dans la capsoule què sè renverse......

LISETTE, bas.

Quel galimatias !

FRONTIN, avec l'accent.

» Vo comprenez? Sta chatoux, cest stou grand
« fileti dè la machoire, què tient en respect
» tous lès fibres du nez perché no respirouns.

ORGON.

Oui, Monsieur.

FRONTIN, avec l'accent.

» Oh ça, puisque vous m'entendez, je n'ai
» piou bisouin d'en dire davantage. Nous allouns
» ouperer.

SCENE XVII.

ORGON, FRONTIN, LISETTE,
JULIE.

JULIE.

EH bien, Monsieur ? que pensez-vous de notre
malade ?

FRONTIN.

Ah! Monſou...eſt...bien.......brouillé avec le
ſoleil !

« Il eſt en grand danger, Mademoiſelle , l'hou-
» mide radical eſt devenou ſec.

ORGON.

O Ciel !

JULIE.

Ne vous chagrinez pas.

ORGON.

Hélas! ma chere Julie , ſi je regrette la vue ,
c'eſt parce que je ſerai privé du plaiſir de te voir ,
& que je crains que tpn cœur......

LISETTE.

Soyez tranquille , Monſieur , Mademoiſelle
ſûrement vous épouſera ! Vous êtes préciſé-
ment comme il faut que ſoit un mari.

JULIE.

Je n'aſpire qu'après le bonheur d'êrre unie
au plus tendre des amans.

ORGON.

Va, mamour.....ton ſort ſera des plus heureux
tu me verras ſans ceſſe occupé à te plaire. Je
n'épargnerai rien pour te réjouir : je te donnerai
bals , feſtins, cadaux.....

FRONTIN , *avec l'accent.*

« Qu'entends-je, épouſer Mademiſelle ! Cor-
» podibace ! épouſer Mademiſelle ! Monſou ,

» je vo deffends dè tenir paroulle. Si vos ietes
» affez hardi pour accomplir fta foulla prou-
» meffe, je vos abandonne à voutre malheureux
» deftin, & vo me fignerez per ma repouta-
» tion què jamais lou famoux Ollivirianello di
» Baucotchatris dé Palpafpifgaftro n'a mis les
» pieds chez vous perché vos ietès mort, tré-
» paffé avant qu'il foit oune houre.

ORGON.

Trépaffé avant qu'il foit une heure! Oh! s'il
eft ainfi, je ne l'épouferai point.

FRONTIN, *bas à Julie.*

Vous ne rifquez rien de céder, nous le te-
nons.

JULIE.

Vous ne m'épouferez point, Monfieur.

ORGON.

Ma reine, tu entends ce que dit Monfieur.

JULIE.

Je cede à vos prieres : c'en eft fait; mais j'ofe
vous demander une grace : ne forcez pas mon
inclination fur le choix d'un époux.

FRONTIN.

La demande de Mademoifelle eft jufte.

ORGON.

Je n'ai jamais prétendu la contraindre. Qu'elle

me nomme elle-même celui qu'elle defire; je promets le lui accorder.

FRONTIN.

Allons, Mademoifelle, prononcez, eft-ce Damis?

JULIE.

Non, Frontin,

LISETTE.

Qui donc? eft-ce Ergafte?

JULIE.

Encore moins.

LISETTE.

C'eft donc Valere!

ORGON.

Valere! tu n'y penfes pas Lifette : fonges donc qu'il n'a pas un fol.

LISETTE.

Il fera très-riche un jour.

JULIE.

Je ne lui demande que des vertus, le bien que mon oncle m'a laiffé fuffira pour nous enrichi rtous deux.

FRONTIN.

Cette réponfe eft fans réplique :
« Elle eft remplie dé fentimens, di délica-
» teffe qué mé charment, vos ietes troup raifon-
» nable pour vos y refoufer, Moufou, pouifque

» vouè ne pouvés époufer Mademifelle; il vaut
» autant qu'elle ait cè mary la qu'oun autre ».

ORGON.

Vous l'approuvez donc, Monfieur le Doc-
teur ? j'y confens. Lifette, que l'on cherche
Valere.

LISETTE.

Il ne doit pas être loin; car il rodoit tout-à-
l'heure autour de ce logis.

ORGON.

Si tu l'apperçois, dis-lui qu'il vienne recevoir
un tréfor de ma main.

SCENE XVIII.

ORGON, JULIE, FRONTIN.

JULIE.

MONSIEUR vous donne des preuves affez
convaincantes qu'il eft détaché de fon amour,
votre remede devroit opérer.

FRONTIN, *avec l'accent.*

« Il agit parfaitement : tenez, Monfou, ap-
» pouyés fta pitit fachet four voutre cœur; eh
» nou pas per deffus l'habit! en-deffous, là,
» bon; c'eft oun pitit fachet antipatique coun-
» tre l'amour. Bene : oh! nous allouns guirir,

» rimarqués, rimarqués, Mademiselle, sta va-
» pour épaisse qui s'exhale à travers soun ban-
» deau ».

JULIE.

Ah ! quel noir brouillard environne sa
tête !

FRONTIN, *avec l'accent.*

« C'est l'houmour ripanduë sous ses yeux qué
» sè dissout ».

Orgon sourit.

JULIE.

Déjà la gaieté s'empare de son visage !

FRONTIN, *avec l'accent.*

« Examinez soun teint, comme il s'éclair-
» cit « !

JULIE.

Vous sentez-vous soulagé ?

FRONTIN.

Comment vous trouvez-vous, mon cher
maître ?

« Oh ! certanamentè beaucoup mieux.

ORGON.

Non, toujours de même.

FRONTIN, *avec l'accent.*

» Toujours di même ! cela ne pout pas être.

ORGON.

Jusqu'ici je n'ai ressenti aucun mal.

FRONTIN,

FRONTIN, *avec l'accent.*

« O crouel effet de fta paffioun qui abfourbe
» tout; encore une fois, cela nè fè pout : l'effi-
» cacité di moun remede à dû vo guirir; ef-
» fayouns oun pou ».

(*Il defferre le bandeau*).

ORGON, *voyant en-deffous du bandeau.*

Ah! je crois voir!

JULIE.

Seroit-il poffible!

ORGON, *dans le tranfport de la plus
grande joie.*

Oui, je vois, je vois; rien n'eft plus cer-
tain : défaites entiérement le bandeau.

FRONTIN, *avec l'accent.*

« Je m'en dounnerai bien de garde : oun
» troup grand jour eft noufible; il offufque-
« roit vos youx, & la richoutte feroit pire :
» accoutumouns - les à fouppourter la lou-
» miere ».

(*Il defferre doucement le bandeau*).

ORGON.

Ah Ciel, je vois! quel eft mon contente-
ment !

FRONTIN.

Il faut avouer que voilà une cure bien mer-
veilleufe !

ORGON.

Comment puis-je m'acquitter envers vous

E

d'un bienfait auffi rare ! Ah ! Monfieur ! la fa-
tisfaction..... La joie..... Le raviffement..... Quel
miracle ! quel bonheur ! que d'actions de graces
à vous rendre ! (*En fouillant avec vivacité dans
toutes fes poches.*) Prenez ma bourfe ; je vous
donne tout.

FRONTIN, *avec l'accent.*

« Je fouis grandement payé , Moufou, per
» voutre façoun nouble de vos exprimer. (*Bas.*)
» Je favois bien qu'elle me reviendroit. »

Pardonnez-moi , Monfieur , toutes mes im-
pertinences. J'avoue honteufement que je n'é-
tois qu'un fot.

« Vo vi moucquez , moun ami , vo ne fiêtes
» pas obligé de mi connoître. »

SCENE XIX & derniere.
VALERE, LISETTE, ET LES AGTEURS PRÉCÉDENS.

LISETTE.

Voici, M. Valere que je vous amene.

ORGON.

Qu'il approche.

VALERE.

Ah ! Monfieur ! que viens - je d'apprendre !
quel fâcheux accident !

ORGON.

Ce ne sera rien, ce ne sera rien.

VALERE.

Souffrez que je vous témoigne toute ma re-
connoissance. Que ne vous dois-je point ! Vous
accordez à mes vœux Mademoiselle, c'est le
plus grand bien.....

ORGON.

Oui, Valere, recevez la de ma main. Nous
allons être tous les deux heureux, vous, en
possédant l'objet de votre amour, & moi en
revoyant la lumiere.

VALERE.

Et vous en revoyant la lumiere ! ah ! mon
bonheur acquiert de nouvelles forces, puisqu'en
ce moment, Monsieur, il s'unit avec le vôtre.

ORGON.

Complimentez Monsieur que voici. J'avois
perdu la vue, la sublimité de son art, & ses
bontés me la rendent.

FRONTIN, avec l'accent.

« Mousou..... Ah ! Mousou..... Point du tout,
» cè nè sount què des pitites coures cèla.

ORGON.

Qu'on approche une table.

VALERE.

Que voulez-vous faire ?

ORGON.

Je veux donner par écrit mon consentement à votre mariage. (*Frontin approche une table, & prépare gaîment tout ce qu'il faut pour écrire.*)

VALERE.

Il faut pour cet effet délier votre bandeau. Je vais.....

ORGON, *l'en empêchant.*

Doucement..... Doucement...... Ne me laiſ-ſez entrevoir qu'un foible jour.

VALERE.

A quoi bon ? Pourquoi pas , au contraire ?....

ORGON.

Pour cauſe.

LISETTE.

Il eſt très dangereux que Monſieur voye auſſi bien que nous.

FRONTIN.

Cela reculeroit furieuſement nos affaires.

ORGON.

Sans doute. Valere , écrivez vous-même, & je ſignerai.

VALERE.

Deux mots ſuffiſent. (*Ecrivant.*) Je renonce... aux droits..... que j'ai..... d'épouſer Julie.

ORGON.

Bon.

VALERE, *continuant d'écrire.*

Et je conſens. .. .. Qu'elle s'uniſſe..... Avec ·Valere.

ORGON.

Il n'en faut pas davantage. Donnez , que je
signe.

FRONTIN, *bas.*

Tout va le mieux du monde.

ORGON *souleve tant soit peu son bandeau,*
qui se détache , & signe. Ensuite levant les
yeux.

Ciel! que vois-je ! c'est Frontin !

FRONTIN , *bas.*

Je suis mort.

ORGON , *il promene ses regards sur tous les*
personnages de la scene , qui sont immobiles &
confondus devant lui.

(*Julie a les yeux baissés, Lisette se mord les*
doigts, Valere reste dans l'attitude où il
est en reprenant la plume, & Frontin a les
bras tendus en l'air à demi passés dans son
habit de livrée : l'habit brodé & la perruque
sont à ses pieds.)

C'est donc ainsi que vous vous jouez de ma
crédule bonté ! Ah ! Julie, je ne vous aurois
jamais cru capable.....

LISETTE.

Ne l'accusez pas , Monsieur, c'est moi, c'est
nous......La circonstance.....

ORGON.

La circonstance.

FRONTIN.

Affurément, tous les hommes ne font-ils
pas jouets des circonftances, il ne faut qu'un
peu de philofophie.

ORGON.

Comment, coquin.

LISETTE.

Monfieur Valere s'étoit introduit, malgré
nous dans ces lieux pendant votre fommeil.

FRONTIN.

Vous vous réveillez.

LISETTE.

Il ne faut pas que vous le furpreniez avec
Mademoifelle.

FRONTIN.

Non, fans doute, il ne le faut pas, cela vous
mettroit en colere; & rien de fi préjudiciable
à la fanté que la colere.

LISETTE.

Vous avez des yeux......

FRONTIN.

Des yeux de lynx.

LISETTE.

Pour faire échapper Valere à leurs regards
pénétrans......

FRONTIN.

Nous fermons porte & fenêtre.... en ouvrant
la paupière, une nuit profonde....

LISETTE.

Vous environne.

FRONTIN.

Et comme dans la nuit on n'y voit pas, vous vous avifez de parler que vous êtes aveugle.

LISETTE.

Ce n'étoit pas là le moment de vous défabu-
fer.

FRONTIN.

Nous avons laiffé aller les chofes. J'étois en partie caufe du mal. J'ai apporté le reméde. Vous voyez auffi clair que Lifette & moi. Vous ne pouvez pas difconvenir fans humeur que tout eft pour le mieux.

ORGON.

Parbleu, voilà des coquins bien effrontés.

FRONTIN.

Mais, Monfieur, mettez-vous à notre place, que diable direz-vous pour fortir d'embaras.

ORGON.

Je dis que vous êtes des fcélérats, Julie & Valere des fourbes ; mais que l'amour excufe, & moi, moi, une dupe, une franche dupe, aveugle & cent fois aveugle d'avoir prétendu à mon âge me faire aimer d'une perfonne du fexe ; un fat, d'avoir formé le deffein de l'époufer ; & plus heureux que fage que le hafard & votre fourberie m'ayent enfin deſſillé les yeux. Oui, j'ai recouvré la vue, & la raiſon renaît avec elle. Je ratifie ce que j'ai ſigné pendant mon aveuglement. Uniſſez-vous enſemble, ſoyez heureux, conſtant, & ſi jamais vous ceſſez de reſſentir l'un pour l'autre cette vive tendreſſe que vous croyez devoir être éternelle, je vous laiſſe le bandeau que vous avez vu ſur mes yeux, faites-en l'uſage convenable.

VALERE & JULIE.

Ah! Monſieur.

ORGON.

Point de remercîment. Suivez-moi, & diſpoſons tout pour votre mariage. Je chaſſe Frontin & Liſette, mais je permets à Julie & à Valere de les prendre à leur ſervice.

FRONTIN.

Vivat, nous en voilà quitte à bon marché.

FIN.

J'ai lû *l'Aveugle par Crédulité*, Comédie en un Acte; ce n'y ai rien trouvé qui puiſſe en empêcher la repréſentation ni l'impreſſion. *Signé*, SUART.

Permis de repréſenter & imprimer.
Signé, LE NOIR.

De l'Imprimerie de CAILLEAU, rue Saint-Severin.

www.ingramcontent.com/pod-product-compliance
Ingram Content Group UK Ltd.
Pitfield, Milton Keynes, MK11 3LW, UK
UKHW022346130726
13694UKWH00006B/1281